明

明
鄭

跟著媽祖遊明朝

文◇王文華
圖◯林廉恩

審訂／臺灣大學歷史系名譽教授　高明士

楔子——你可能不知道的可能小學

在可能小學裡，沒有不可能的事。

例如，可能小學位於捷運動物園站的下一站。

動物園已經是最後一站了，還有下一站嗎？

當然有。

因為「可能小學站」才是貨真價實的終點站，只是遊客們不知道。

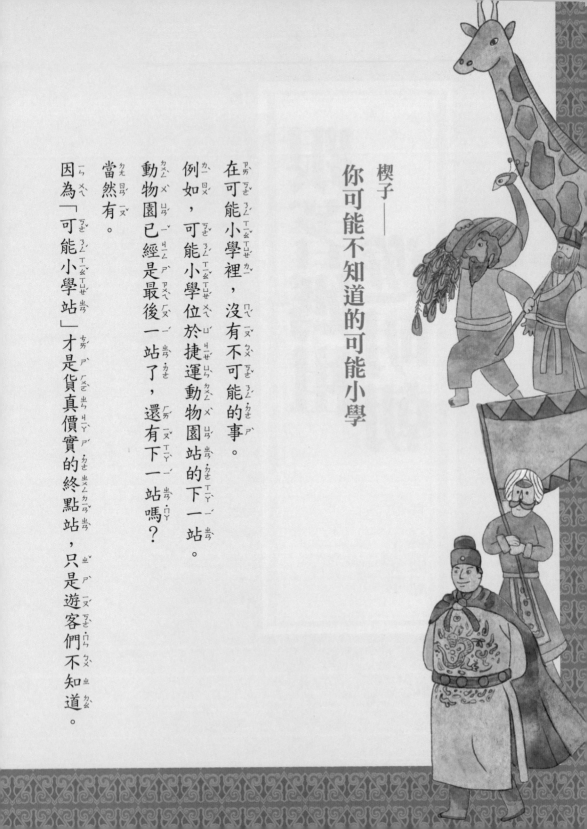

他們只急著在動物園站下車，趕著去看長頸鹿和大象，卻沒注意到車廂裡還有一群小朋友，他們神情興奮，等著去上學呢。

因為，只要踏進可能小學，每一節課都精采得不得了——

其他小學的學生在課本上讀火箭的原理，可能小學直接在操場上發射火箭。

其他小學的學生在書上了解北極熊，可能小學卻在某個星期三下午，下了一場好大的雪。

漫天的白雪，下了三個小時。操場上，出現一隻北極熊追著一隻企鵝跑。

北極的熊，南極的企鵝，在可能小學才可能同時看到。

這麼有趣的學校，卻在最近找來一位講課平凡無奇的玄章老師，

讓學生上課上得昏昏欲睡。

這麼無趣的老師，在教到兵馬俑時，終於想到該做點特別的事：他辦了一場兵馬俑特展。

喜歡模型的謝平安、熱愛學習的愛佳芬，就曾在社會課時，被兵馬俑特展的模型拉進秦朝，回到位於秦皇陵的兵馬俑製造工廠。

後來，在一次戶外教學，當他們參觀日月潭的玄奘寺時，愛佳芬拿到一只銅鈴，奇妙的事又發生了：他們竟然回到了唐朝。

那是唐朝時的玉門關。

那時，距離玄奘法師取經回到長安已經超過半個多世紀。在玉門關修行的悟空和尚帶著他們做取經一日遊，他們在沙漠裡碰上風暴，看見一波波起起伏伏的沙浪，景觀令人驚奇，還在途中遇見以邊塞詩聞名的唐朝詩人岑參。

岑參送給他們一只銅鈴，銅鈴輕輕一搖，鈴鈴鈴鈴——

他們就在鈴聲裡，回到玄奘寺、回到現代。

那接下來呢？

目錄

楔子——你可能不知道的可能小學 6
人物介紹 12
壹、大甲媽祖繞境 16
貳、寶船廠 32
參、煮酸辣湯不能少 44
肆、鬥富 54
伍、馬戲團進京 68
陸、東廠爪牙追來了 80

柒、牽星過洋 90
捌、平安符失靈了嗎？ 100
絕對可能會客室 106
絕對可能任務 118
作者的話
有這麼一種課程 122
推薦文一
從歷史學習智慧 洪蘭 126
推薦文二
一趟文化之旅 張子樟 130

人物介紹

玄章老師

「可能小學」新聘的社會老師，來歷不明。應徵教職時，以一堂讓人終身難忘的社會課，讓校長當場決定聘用他。至於他試教的內容是什麼，沒有人能說得清楚。只是，可能小學的孩子覺得他的課一聽就想睡覺。為什麼會這樣呢？等你來判斷吧。

謝平安

可能小學四年一班的學生。父親是公務員，母親在百貨公司擔任櫥窗設計師。他喜歡美術課，家裡收藏了三百多個公仔，熱愛電腦，國語成績也不錯。上社會課時，意外被帶回古代，經歷了幾次難忘的課程。

愛佳芬

可能小學四年一班的學生。腦筋靈活，喜歡冒險。打棒球時，總是搶著擔任投手。她的志願是當一位攀岩教練。和謝平安一樣，意外的回到古代，經歷許多難忘的事情。

鄭和

明朝太監。曾奉明成祖的命令帶領兩萬多人的艦隊，七次下西洋，最遠到達現今的非洲，促進中西的文化交流與交通，帶回許許多多奇珍異寶，包括傳說中的神獸——麒麟。

老趙

五十五歲，但看起來比實際年齡還要老。擔任南京寶船廠一級造船木作師，負責鄭和下西洋時的大船監造工作。

大鬍子叔叔

留著一臉粗獷的鬍子，說起話來中氣十足，上知天文，下知地理，是個十足的萬事通。他曾經跟鄭和下西洋，用牽星過洋術幫助寶船遠渡重洋。在南京還碰見謝平安和愛佳芬，帶他們躲過管事太監的追捕。

管事太監

臉很白，笑起來很陰險，為人和他的長相一樣狡猾奸詐。他是皇帝派出的特務，專門向皇帝打小報告，連官員都很怕他。他在南京寶船廠發現了謝平安和愛佳芬，帶著手下一路追殺他們。

壹 大甲媽祖繞境

農曆三月十七日，時間是午夜十二點。

灰姑娘的馬車踢踏、踢踏的走遠；青蛙「轟」的一聲，又變回王子——還有什麼神奇的事要發生？

不知道！

不清楚！

不明白！

因為人們都已經離開夢鄉，聚集在大甲鎮瀾宮前的廣場。

號角嗚嗚嗚的響著，煙火咻咻咻的放著，媽祖娘娘的神轎準備要起駕。在這一刻，世界三大宗教盛事之一——大甲媽祖的繞境之旅——就要往雲林出發嘍！

七天六夜的行程，沿途有數不清的廟宇，路上有聽不厭的傳奇，還有看不完的舞獅、舞龍、八家將和車鼓陣。如果跟著走一遍，可以用自己的雙腳去認識家鄉，學習知識。

哇！那該有多好！

是呀，你們學校有沒有？

沒有，對不對？

但是可能小學的社會課程就安排了這樣的教學活動！

小朋友幫忙抬神轎、拿大旗、吹號角；參加一次，保證回味一輩子。

因為，可能小學是一所什麼事都可能發生的小學！這麼有趣的課程，可能小學當然不會放過！

神轎移到廣場，人群跟到廣場。可能小學的小朋友，在玄章老師的帶領下，趁著空檔，先去參觀鎮瀾宮。

玄章老師是可能小學的社會老師，只要出來戶外教學，他就像充飽電的麥克風。

「媽祖本來的名字叫做林默娘，媽祖或媽祖婆是臺灣對林默娘特有的稱呼，是『女祖先』的意思。明清時代的大陸福建、廣東地區多稱她為『娘媽』。」玄章老師說。

愛佳芬問：「她是海神，對不對？」

「沒錯，她保佑航海人的平安，鄭和下西洋，鄭成功來臺灣，都會在船上祭拜她。」

「鄭和、鄭成功、鄭瀾宮？為什麼航海的人都姓鄭？」謝平安搔著頭。

「鎮瀾宮的鎮，唸做『ㄓㄣˋ』，是一座供奉媽祖來鎮住海浪、保平安的廟宇；鄭和的鄭，唸做『ㄓㄥˋ』，他是明朝人。」同學們哈哈大笑：「上課不認真，戶外教學出糗了吧！」

玄章老師也笑了：「我的講義裡不是寫了嗎？鄭和奉旨下西洋；鄭成功趕走荷蘭人；他們雖然都是明朝人，時間卻差了兩百多年。」他指著廟裡牆上的浮雕說：「這個浮雕刻的是明朝木船，古代在海上航行，一半靠技術，一半靠運氣；尤其鄭和下西洋，路途那麼遠，出海一次，往往長達兩、三年，船艦航行在汪洋大海上，當然要求媽祖保佑平安。」

「兩、三年？」謝平安吐吐舌頭：「那麼久？」

「沒錯，鄭和下西洋七次，曾經到過印度和非洲。古代的船艦要抵達非洲不容易，來回一趟當然要那麼久。」

「非洲？」

「根據近年英國一位退休的軍艦將領的研究，鄭和船隊其實已經航行到美洲，比哥倫布發現新大陸還要早八、九十年；不過這個說法還沒被公認為事實。」玄章老師帶著大家邊走邊談，腳步漸漸移往廟內大殿。

謝平安停在原地，他睜大眼睛看著牆上的浮雕，心思全停在那艘木船上。

那艘船航行在大海上，海浪捲起幾丈高，看起來十分危險。船上的人們跪著祈禱，他們仰望天空，眼中充滿渴望。在浮雕木船上方出現的，是媽祖娘娘慈祥的臉龐。雲層四周發出柔和的光芒，籠罩船身。在那片祥光中，彷彿所有的苦難都會過去，風平浪靜的時刻即將到來。

謝平安用手輕撫船身，似乎有股電流輕輕流過指尖。

「謝平安！」

「啊！」謝平安嚇了一大跳。

「你在做什麼？」愛佳芬拉著他的背包：「人都走光了，你還在這裡？」

「你看這艘船雕得真漂亮。」謝平安喜歡藝術，一看到精采的作品，就會忍不住被吸引。

「假船嘛，有什麼了不起？」

「不不不，你看這艘船，船頭尖得像刀，適合乘風破浪；肚子這麼大，可以載很多人。」謝平安的手撫過船頂，那裡有個小小的神龕。

「哇！連船上都有媽祖廟耶！」愛佳芬興奮的說。她拿起脖子上的平安符，把上面的媽祖神像跟浮雕比對：「真的耶，連這麼小的神像也刻得好像。」

平安符一靠近神龕，浮雕的木船似乎搖動了一下——愛佳芬感覺到了，一度懷疑是不是受到外面鞭炮聲的影響？

謝平安把頭湊近，風從木雕的海上吹了過來。如果他沒看錯，木頭刻成的海面，波浪正在緩緩起伏。

一陣又一陣的風，從海平面拂來。

「海浪？」謝平安揉揉眼睛：「海浪真的在動。」他大叫。

在他的叫聲中，木雕的雲層瞬間迸裂出刺眼的光芒，強光逼得人閉上眼睛；木刻的海面上，風愈來愈強勁。隨著亮光和風聲逐漸加強，鎮瀾宮的牆壁好像不見了，眼前的景象變得模糊。

天旋地轉之際，愛佳芬似乎看到一道人影闖了進來；瞧那身高，好像是玄章老師。

但是，容不得她多想，狂風讓她耳鳴，強光逼得她睜不開眼睛。這種感覺好熟悉卻又很不容易適應。

這場混亂歷時三秒鐘？或三分鐘？

騷動漸漸停止，光線漸漸黯淡，四周景物漸漸清晰。

這裡不是鎮瀾宮的大殿，而是一間寬大的房間！

「我們在哪裡呀？」謝平安輕聲的說。

愛佳芬搖搖頭。

這房間正在上下左右、輕輕的搖晃著。

是地震嗎？

房間兩邊是窗，第三邊牆上釘了一個神龕，供奉媽祖神像。窗戶外頭好像有些聲音，他們慢慢的移到窗邊，慢慢的把頭抬高，這才發現他們在一艘船上，船艙大概有三、四公尺高。

船停靠在碼頭，隨著河水上上下下的搖晃。碼頭邊是寬闊的河流，河水嘩啦啦的流向遠方。遠方，被霧籠罩，看不清了。

謝平安發現自己又穿著古人的衣服，他惶恐的說：「我們，我們好像又回到古代了？」

「吼，都是你啦，誰叫你去摸那艘木雕船？」愛佳芬埋怨著。

謝平安想起上次回到秦朝，是碰到竹尺；回到唐朝時，是因為拿到一個鈴鐺。

「可是，這次我又沒有亂碰東西！」

「難道是……」愛佳芬疑惑的打開手掌：「咦？我的平安符怎麼不見了！」

平安符是愛佳芬的媽媽給的，她要愛佳芬戴在脖子上，繞境時，讓媽祖保佑她平安。

「我剛才只是拿下來和木船上的媽祖比一比。」愛佳芬有點懊惱。

「那，我們趕快找到平安符，才能回家呀！」謝平安很著急。

「你別急嘛，平安符好找，我比較好奇的是，我們為什麼會來到這裡？」

「還不是因為你亂碰東西。」

「那……這又是哪一個時空？」愛佳芬四處看了看：「而且，剛才來的那一瞬間，我好像瞥見了玄章老師。」

「玄章老師？」

「應該是他，但是……」愛佳芬又看看四周：「我明明就有看到他啊。」

「你這麼一說，我也覺得有可能，每次我們上他的課，都會掉到過去的時空。等我們找到平安符，再好好問問他。」

超時空便利貼

天后媽祖

媽祖原是中國東南沿海的重要海神信仰。

傳說媽祖姓林，是宋朝福建莆田縣湄州嶼人。從出生到滿月，大家都聽不到她的哭聲，所以被取名為「默娘」。她幼年時熟讀儒家經典，虔誠焚香禮佛。十三歲時遇見道士指點玄祕法術，轉信道教，能預卜禍福，十分靈驗。在十六歲那年，元神出竅，救了當時在海上遭遇風難的父親。後來收服千里眼和順風耳當作左右手，只要有人在海上遭遇危難，媽祖便會穿著紅衣顯靈救難。二十八歲那年，她得道升天，人們傳頌她的神力，並且建立廟宇供奉她的神像。宋代海上貿易發達，她成為當時航海者最崇敬的「神」，南宋時追封為「妃」。歷代官員出使海外，出發前都會去媽祖廟祭拜，祈求一帆風順。

明朝的鄭和下西洋時，每次遇到颱風、水難，都會向船上供奉的媽祖神像祈求平安。他還在船上指派一名負責燒香的人，在早上帶領船員向媽祖膜拜。

鄭和下西洋時期，是媽祖信仰向海外傳播的高峰期。因為他的船員大多數是從福建、廣東、浙江等沿海省分招募而來，他們之中很多人回鄉或流居海外，就把供奉媽祖的信仰傳播出去。

此外，隨著華人移民海外風潮，媽祖信仰的傳播範圍更廣、更深，各地華人居住的城市，多可見到媽祖廟的蹤影。

清朝時，施琅攻取臺灣以後，清朝政府更進一步追封媽祖為「天后」、「天后聖母」，她的神靈被推崇到至高的地位。當時從唐山渡海來臺的人民，在開墾地聚集居住後，都會建立媽祖廟，以感念媽祖保佑他們在海上歷險時的平安。此後，隨著開墾地農業的發展，媽祖的神格也轉變為農業守護神，甚至財神。

媽祖是以中國東南沿海為中心的海神信仰，又稱天上聖母、天后、天后娘娘、天妃娘娘、湄州娘媽等。媽祖的兩大部將，是為媽祖察、聽世情的千里眼與順風耳。

鄭和

鄭和是明朝的航海家，也是個成功的外交家。他本姓馬，字和，小名三保（或三寶），是雲南回族人。家族信奉伊斯蘭教（中國稱為回教），祖父和父親還曾經到聖地麥加朝聖。明朝初年燕王攻取雲南，鄭和被捕，遭到閹割，成為燕王府裡的家奴。後來在燕王奪位稱帝（明成祖）的過程中，鄭和監軍有功，因此明成祖即位後，特別賜姓鄭。據說為記念鄭和在鄭村壩建立的第一次戰功，還提升他做內官監太監，委任他出使西洋的重大使命，所以當時稱為「三保太監下西洋」。

一四〇五年七月十一日，明成祖命鄭和率領兩百四十多艘海船、兩萬七千多名船員，組成一支龐大的武裝船隊遠航，訪問了三十多個國家和地區，加深中國與東南亞、東非國家的相互了解。

鄭和每次都由蘇州的劉家港出發，一直到一四三三年，一共遠航了七次。最後一次回程時，在印度古里因病死於船上。

在七次遠航期間，鄭和指揮的船隊遍及中國海與印度洋，最遠到達非洲。因為他的出航，外國的貨品、藥物、珍禽異獸與地理知識，才能源源不絕的傳到中國。

鄭和之後，明朝的皇帝由於：國家財源不足，對海外發展興趣不高，以及沿海倭寇打劫等因素，不再派遣大規模船隊出航，並且以希望人民固守農業生產活動為由，嚴禁人民出海。

中國雲南的鄭和公園，是海內外以鄭和為名的公園中，規模最大的一個。圖為園中的鄭和塑像。

雲南鄭和公園中的三寶樓

貳 寶船廠

錚錚鏦鏦的聲音響起，碼頭另一邊，是個大型的工地。陽光金黃耀眼，空氣裡有木頭被鋸開的香氣。

打著赤膊的工人忙碌著；穿著官服的人在旁邊比劃著。

寬闊的地面，有幾個長方形的凹坑。凹坑裡有更多的工人，他們對著木頭敲敲打打，鋸鋸切切；錚錚鏦鏦的聲音就從那裡傳來。

謝平安做過不少戰艦模型，他知道那些凹坑的用途：「這些凹坑是船塢，用來建造或檢查船隻——我知道了，這一定是造船的工廠。」

眼前的船好大，彎彎的龍骨架在上頭，長度和可能小學的體育館差不多。

船塢連接大河，寬闊的大河，從遠方延伸過來。從遠方來的還有排成一條長龍般的船隻，船上載著木材順流而來；有些木材太大，船載不下，被拖在船後，在河上漂呀漂。

岸邊，數不清的馬車等著將木材拉到空地。

空地上有好多工作坊：有的工作坊掛著帆布；有的工作坊正在打鐵；做繩索的工作坊，繩索被捲成一團團；上漆料的工作坊，傳出刺鼻的氣味。

在這個造船廠，什麼都是巨大的。

巨大的木材；巨大的鐵錨；巨大的帆布；巨大的繩索。

集合這些巨大的事物，就成了船塢裡巨大的船隻。

「他們在造巨人國的船嗎？」謝平安問。

愛佳芬拍拍他的肩：「別猜了，我們直接去問他們！」

她是個說做就做的女孩，話還沒說完，已經搶先從船艙外的樓梯往下跑到地面。

「唉呀！你們快下來，不可以爬上船玩哪！」一個白髮蒼蒼的老爺爺跑過來：「小娃兒，快下來呀！這是鄭和大人下西洋用的馬船，可別弄壞了。」

謝平安慢慢的從船上走下來：「馬船？用馬來拉的船嗎？」

老爺爺似乎被他的話逗樂了，呵呵笑了起來。他的嘴裡缺了幾顆牙，說起話來有些「漏風」：「不是馬拉船，是專門載馬的船。」

「難怪這麼大。」謝平安點點頭。

「這還不算大，鄭和大人搭的寶船才大！至少比馬船大上兩倍，那才叫做大。」

「兩倍？」愛佳芬和謝平安同時大叫。馬船少說也有三、四十公尺長，再大兩倍，那有多大呀？

慈祥的老爺爺急忙用食指在嘴上比個「噓」，輕聲的說：

「好了好了，你們去別的地方淘氣，要是被管事太監們看到，那就糟了。」

「太監？聽說他們有點『女性化』，對不對？」愛佳芬說這話的

時候，也跟著降低音量。

「小女娃兒，你可別小看太監呀！他們和東廠爪牙聯手，為非作歹的功夫是咱們大明朝第一厲害。除了鄭和大人，應付其他的太監都要很小心呀！」老爺爺很不安。

「鄭和也是太監嗎？」謝平安還想問，老爺爺卻突然像見了鬼般，慌慌張張的要他們躲到船塢。

「寶船廠的管事太監來了，你們待在船塢裡，千萬別出聲呀！」他緊張的吩咐著。

他們才剛躲進龍骨的陰影處，一個懶洋洋、慢吞吞的聲音從上頭傳下來。

「老趙呀，你不去工作，在這兒幹麼呀？」

愛佳芬忍不住好奇，偷偷探頭看了一下。

她看到一個臉色好白好白，白得像在戲臺唱歌仔戲的男人，正對著老爺爺說話。

一個神情嚴肅的士兵帶著刀站在那人後面。

愛佳芬心想：「白臉男人是太監嗎？後面那個帶刀的一定就是東廠爪牙了。」

「嗯……沒事，沒事。」老爺爺的聲音在發抖。

「哼！鬼鬼祟祟的，絕對有問題。」白臉太監冷冷的往船塢瞄了一眼。

就在這一瞬間，愛佳芬來不及低頭，直接和他四目相對。

白臉太監那一對黑色的眼珠子像老鷹，緊盯著愛佳芬。

一股強烈的寒意籠罩愛佳芬，她感到胸口發悶，呼吸不順。

「你是誰？嗯？」白臉太監提高音量問。

「我……我……」愛佳芬連連後退。

東廠爪牙如狼似虎的衝過來，白臉太監興奮的在後頭指揮：「抓起來，一個也別放過。」

愛佳芬嚇得往後退，她的腿卻被絆了一下，人向後倒。身後的謝平安想撐住她，可是她倒下來的力量太大，撞倒了謝平安；兩個人同時撞到一條繩索，那條繩索固定著船的骨架，而骨架還沒釘好……一陣驚天動地的「砰砰」聲中，愛佳芬急忙把謝平安拉到一旁，避過倒下來的橫梁、木柱、船骨、木料。

在工人的驚呼聲中，橫梁上的巨大龍骨唧唧嘎嘎的從半空中垮下來，揚起一陣木屑和塵土。

等到塵埃落定，木塊下傳出一陣慘叫。

「唉唷……唉唷……誰快把我拉出去。」是白臉太監，他的慘叫聲又尖又細。

「我……我不是故意的。」謝平安想解釋。

「快走啦！」愛佳芬比較清醒，她反應快，趁大家搶救白臉太監的同時，推著謝平安逃跑。

鄭和的船隊

鄭和率領出海的船艦數量最少有五十艘，最多時可高達兩百零八艘，可以同時搭載兩萬七、八千人。這支船隊分成：

1 **寶船**：寶船的船體最大，是鄭和船隊中最大及最主要的船舶，相當於今天的旗艦或主力艦。寶船的上層建築豪華而壯觀，為鄭和及重要的成員乘坐的船艦，是船隊的核心。根據史書記載，寶船船體長四十四丈四尺，寬十八丈；以現代度量推估，長度將近一百三十八公尺、寬度五十六公尺，堪稱海上巨無霸。

2 **馬船**：又稱做馬快船，馬船是中型寶船，是大型快速水戰與運輸馬匹等軍需物資的兼用船。

3 **糧船**：規模僅次於中型的寶船，主要用於運輸船隊所需糧食和後勤供應物品。鄭和使團每次奉命出使海外，來回一次需要兩、三年，船隊必須帶足兩萬多人的糧食。使船隊沿途能得到充分的補給，相當於今日的補給艦。

4 **坐船**：全名叫做戰座船，是鄭和船隊中的大型護航主力戰船，為軍事指揮人員乘坐。也可以作為分遣護航艦隊中的指揮船。

5戰船：船型比坐船小，專門作護航和作戰之用。

6水船：為專門貯藏、運載淡水用的輔助船。

香港科學館中的鄭和寶船模型

造船廠出土的船舵

參 煮酸辣湯不能少

愛佳芬和謝平安跑出船塢，一直跑到城門口，才敢回頭看。東廠爪牙不見蹤影，大概還在搶救白臉太監。

兩人終於有空可以好好觀察這座城了。

這是一座大城，城牆很高很厚，上頭有不少士兵駐守。

從城門口往裡望，城裡的高塔、飛簷、廟宇，在金黃色的陽光下，

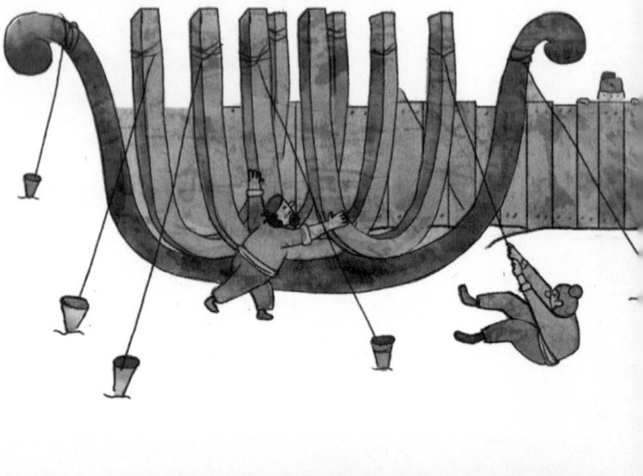

閃著亮光。

這是個熱鬧的大城，路上滿是騎馬、坐轎、騎驢和走路的人。街道很寬，地面鋪著紅磚，兩旁都有種樹。城內的店鋪很多，賣的東西五花八門，珠寶、食油、米糧、布匹，街邊還有酒店、藥鋪和當鋪。飯館和茶樓外頭立著旗竿，上面寫著店家的名字。騎馬的客人來喝茶吃飯，會有人幫忙把馬牽到屋子後頭。臨街的窗戶都被推開，那些在屋內喝茶飲酒的客人的嬉笑聲從屋裡傳出來；屋外還有幾個黑人坐在街邊喝茶。

「有黑人耶，這裡到底是哪一朝呀？」謝平安很好奇。

愛佳芬敲了一下謝平安的頭：「剛才老爺爺有講，鄭和下西洋宣揚明朝的國威，所以黑人應該是從外國來的。你呀，連來到古代都還

這麼不用心。」

「所以，我們真的來到明朝了？」謝平安小心的問。

愛佳芬給他一個肯定的微笑。

他們走在明朝的土地上，每樣事物看起來既熟悉又陌生。街道旁，有幾家專門販賣外國物品的商店，望遠鏡、虎皮、豹皮和象牙堆在門口，店裡店外都是人。最特別的是，這些販賣西洋物品的店名，不是叫通遠，就是叫遠通、遠來、遠客，從街頭直連到街尾。

讓謝平安覺得新奇的是：「黑胡椒？連黑胡椒也是從外國進口的？」

一個年輕的伙計跑過來說：「小客官，您有所不知啊，有了黑胡椒，煮酸辣湯時只要撒一點點，提味又提香，是今年南京城最流行的口味呢！」

「原來你們也喝酸辣湯。」謝平安瞪大眼睛說。

「對呀，自從鄭和大人下西洋，西洋香料、食物的來源比以前多；像黑胡椒這麼珍貴的香料，得用絲綢和瓷器來交換，也可以當作錢幣使用——來來來，你要買幾斤？」

「幾斤？」謝平安伸伸舌頭說：「不用了，我怕辣。」

愛佳芬看著店門口的動物，鳥呀、蛇呀、紅毛猩猩等，全都在木製的獸欄裡，呆呆的看著她。

「這個時代的人，沒有保護動物的觀念！」她下了結論。

對街的茶樓裡有人在說故事，茶樓裡外坐了好多人。謝平安喜歡聽故事，他站在茶樓門口聽了一會兒，聽到曹操、劉備的名字，判斷

說書人說的應該是三國時代的事。

街上有人在賣書，愛佳芬隨手拿起一本：「三國演義！」賣書的小販很神氣：「要買要快，今天不買，明天再漲一兩。」

「隨便亂漲價，哪有這種道理？」愛佳芬忿忿不平的說。

「羅貫中的《三國演義》是大明朝好書暢銷排行榜的第一名，目前各大茶樓的說書先生正熱烈講著呢。你買不買？不買，別人搶著要喔！」

愛佳芬氣死了：「你簡直是……」

「我這是洛陽紙貴，喔，不不不，應該說是南京紙貴。」小販不理她，朝著大街繼續招呼客人：「聽完三國買三國，今天不買，明天後悔。」

果然，從茶樓裡聽完說書的客人，全圍過來搶書。

「我要一本。」

「我要三本。」

小販一邊收錢，還瞄了愛佳芬一眼，彷彿在說：「看見了吧！」

「哼！謝平安，我們走。」愛佳芬氣呼呼的想要離開，突然聽到街頭有人敲著鑼喊著：

「快報快報，吳百萬和田多產在天香樓鬥錢嘍！」

「吳百萬是通遠行的老闆，田多產是大地主，兩人鬥起來絕對有看頭！」

一瞬間，街上的人們都叫嚷著往天香樓去了。

超時空便利貼

明朝

元朝滅亡後，漢人重新建立一個新的朝代，就是明朝。

明朝距離現在大概四百年，中間經過十六個皇帝，統治中國長達兩百七十六年。

提到明朝，一定免不了要講講他的開國皇帝—朱元璋。朱元璋在年輕時曾經在佛寺打雜，還流落四處乞食，民間戲稱他為「臭頭和尚」。後來他投入反抗蒙古的軍隊，憑著才幹和機會整合各方力量，最後終於結束元朝的政權，創建明朝。朱元璋把明朝首都設在南京，但後來他的兒子明成祖把首都遷到北京。

歷史上把朱元璋稱做明太祖，他當政時以宰相叛亂為理由，順勢廢除宰相制度，從此之後，皇帝專斷獨裁。朱元璋還設立特務機關，組織錦衣衛；之後的皇帝又增設東廠、西廠。這些特務分子有了皇帝的授命，可以任意逮捕

明成祖朱棣自小習兵，長期戍守幽燕。他在位時作風大膽積極，派遣鄭和出使西洋，聲勢與規模為歷代僅見。

官員與百姓，彷彿實行恐怖統治。

我們現在看很多電視劇，還常常會演到太監亂權，迫害忠良，有很大一部分講的就是明朝這一段歷史。

不過，明朝初期國勢鼎盛，開國皇帝朱元璋節儉勤政，嚴懲貪官，算是位精明的皇帝。第三任皇帝明成祖朱棣從小習武，長期戍守幽燕。他在位時作風大膽積極，派遣鄭和出使西洋，聲勢與規模為歷代僅見。

明朝到了晚期，出了許多歷史上最多的昏君。明神宗長達二、三十年不上朝，不理國政；明熹宗很喜歡做木工，釘釘打打。他們都把國家交給臣子、太監去管理，晚期太監弄權的問題嚴重，也讓明朝走上滅亡之路。

明太祖朱元璋過世後，葬在南京紫金山明孝陵。

肆 鬥富

愛佳芬愛看熱鬧，她當然不可能缺席。謝平安嘟著嘴，還是被愛佳芬拉去。

陽光晶晶亮亮，南京大街人山人海，大家伸長脖子想看有錢的人怎樣比錢？

兩個大門，遙遙相對。

白髮的田多產站在右手邊朱紅色的大門外。

他招招手，家人立刻把珍藏的字畫掛滿整面牆。

田多產的語氣很驕傲：「我們田家是書香世家，託祖先的福，才有這些字畫！」

那些字畫，讓大家議論紛紛。

「哇！是宋朝蘇軾的字耶！」

「北宋李公麟畫的馬，好哇！」

謝平安這才知道，原來古代人的字畫是掛在家裡，不是放在故宮博物院裡。

看了田多產的字畫，有些人開始替吳百萬擔心了。

「吳百萬是生意人，他家有字畫嗎？」

人們的目光立刻投到左手邊的黑色大門前。

春
春

胖呼呼的吳百萬，每根手指都戴著金戒指；他的嘴裡鑲滿金牙，笑起來金光閃閃：「哼！就幾張破字爛畫，也敢拿出來丟人現眼？」吳百萬招手叫出幾個人，一群人開始搬桌子、挪凳子、磨墨、鋪紙、寫字和畫畫。

看熱鬧的人群發出一陣驚呼：

「哇！那是今科狀元李紀嘛，他的花鳥畫是咱們明朝一絕呀！」

「喲，文同文大人也來了，他寫的字特別飄逸哪！」

「飄逸？」謝平安不懂，他特別跑到前面看：「真厲害，比我們國文老師寫的字還漂亮。」

一位大鬍子叔叔笑著說：「還是吳百萬有本事，把本朝的狀元、秀才全請到家裡來啦。」

那些秀才和狀元畫畫、寫字的速度快，作品好。畫麻雀的，麻雀好像剛停在紙上歇息；畫老虎的，老虎幾乎要從紙上跳出來；寫書法的，字體或秀逸或狂放，各有各的美。每完成一幅作品，現場就自動響起一陣掌聲。

「拍拍拍拍拍——」謝平安的手拍得好痛，卻也拍得心甘情願。

沒多久，這些字畫作品，全晾在街頭隨風招展。

大家正想叫好，吳百萬卻派人把它們扯下來，揉成一張張紙團。

「啊——」人們驚呼著。

但是，事情還沒結束呢！

吳百萬叫僕人端來火爐、茶壺，他一轉身把紙團全丟進火爐。在大家的驚叫聲中，茶壺的水沸騰了，一陣茶香傳了出來。

「我這叫『好字好畫泡好茶』！」吳百萬對田多產說：「老頑固，要不要喝一杯呀？」

「你……你真是造孽呀！」田多產氣得雙手亂揮：「我讓你看看什麼叫做『寶』！」

田多產的僕人慎重的搬來一個小花瓶。

「啊！就一個小花瓶？」愛佳芬覺得很失望。

一旁的大鬍子叔叔又有話說了：「小妹妹，你真是不識貨呀，這叫『月白出戟尊』——注意看，它的光澤像不像玉？」

「玉？」

「對呀，它的光澤像玉一樣溫潤，瓶身的線條簡潔又大方，只有上了年代的瓷器才有這種迷人的光彩。我看哪，它鐵定是北宋年間鈞窯的產品，生產一百件，只留下一件，你說珍不珍貴？」

「只留一件，那其他的呢？」愛佳芬問。

「其他的全摔碎了呀，這樣留下來的才叫珍品哪！」

大鬍子叔叔像是怕人家不知道他的學問好，話愈說愈大聲，附近的人全拉長了耳朵聽；還有人回頭看看那個花瓶，忍不住讚嘆起來。

但是，吳百萬只是冷冷的看了一眼，很不屑的說：「一個小小的瓶子？這種破爛東西，你也當成寶貝？」

「說我的東西爛，那你有嗎？」田多產問。

「要別的沒有，要瓷器，哼，我家多得是。」

吳百萬招招手，黑色的大門立刻被人打開，幾十個僕人輪番抬出花瓶、酒瓶、佛像、茶壺，像在市場擺攤似的。

巨大的花瓶，比人還高；造型可愛的茶壺，讓愛佳芬真想拿幾個回家。

大鬍子叔叔瞇著眼讚嘆的說：「青如天，明如鏡，這種青花瓷器是皇家用品啊！它們……它們是鄭和下西洋時，帶去送給外國國王的禮物呀。」

「沒錯，算你有眼光。」吳百萬狂笑著說：「看到沒有？鄭和帶出國的瓷器，每個瓷器底部

都印了咱們當今皇上的年號『永樂』二字。像這種等級的瓷器，老田你家有嗎？」

田多產用不服輸的語氣說：「雖然我沒有這麼珍貴的瓷器，不過，我家有樣東西，你一定沒有。」

「哈哈哈，我家沒有的東西？」吳百萬笑得很誇張。「我吳百萬在南京城連開七十一家通遠、遠通商行，收購本朝商品，販賣西洋貨物，你有什麼東西是我家沒有的？哼！拿出來呀！」

「你別得意。」田多產說：「上次鄭和帶了一隻麒麟回國，你記得吧？」

「那又怎樣？」

田多產指著他家圍牆裡的樹說：「那隻麒麟是神獸，牠遊街時發

現我們田家是積善之家，決定吃幾口我家的樹葉。不像有的人家裡的樹銅臭味太重，麒麟沒胃口。」他說得好開心，逗得街上的人都笑了。

「我……」吳百萬張大嘴巴，一時不知如何反應。

「這你可沒有吧！」田多產笑得很含蓄，但是街上的人全都哈哈大笑。

田多產家裡的樹從圍牆裡伸出來，葉子全長在樹梢。

「樹那麼高，麒麟難道是飛上去吃嗎？」謝平安偷偷問愛佳芬。

愛佳芬搖搖頭：「好奇怪喔！」

大鬍子叔叔又有話講了：「這有什麼好奇怪的，麒麟長得高嘛，牠一抬頭就吃到啦，根本不用飛。」

「抬頭就吃得到葉子？麒麟到底有多高呀？」謝平安問。

「我看，少說也有二、三丈高。聽說鄭和的船隊今天要回來了，我們去碼頭看看，如果鄭和又帶麒麟回來，你們就可以親眼看到了。」

「鄭和？」愛佳芬和謝平安同時大叫：「下西洋的鄭和今天要回來？」

瓷器下西洋

瓷器也寫做磁器，考古發現瓷器最早的產地是在中國。

在歷史上很長的一段時間中，中國是世界上最大的瓷器生產及出口國。在宋朝以前最好的瓷器主要用於皇宮裡的生活。宋朝之後，中國瓷器製作的水準不斷提升，大量的瓷器出口至東南亞、南亞乃至歐洲、北非。成為中國出口的主要代表工藝品之一。

瓷器到了明朝，皇家生活依然離不開它，當時最好的官窯在江西景德鎮。經由官窯生產的瓷器，嚴格按照皇宮的要求，可說是「千中選十，百中選一」的精品。即使這樣，做出來的成品也還要再經過挑選，次級品必須就地砸碎掩埋，嚴禁流入民間，所以想見到一個官窯的瓷器，在古代真不是一件容易的事。

古代的瓷器外銷，是循著絲綢輸出的兩條

明朝景德鎮窯所生產的青瓷劃花碗

路線：

一條是陸上絲路，從長安出發，穿過新疆，經過西域，最後到達歐洲。

另一條叫做海上絲路，明代以泉州、廣州為主要的出口港，出海經過馬來半島，然後到達印度洋。

鄭和船隊航行的就是海上絲路。當時船隊的聲威壯盛，嚇退不少海盜；鄭和七次出航時，船隊裡就帶了許多瓷器到外國，是當時很受歡迎的珍貴禮物。而明朝之後，瓷器更遠銷到了歐洲，歐洲國家的上流社會，以收藏中國瓷器為榮，甚至法王路易十六也不惜代價收購，今日的凡爾賽宮裡，還保存著許多明清時期精美的中國瓷器呢。

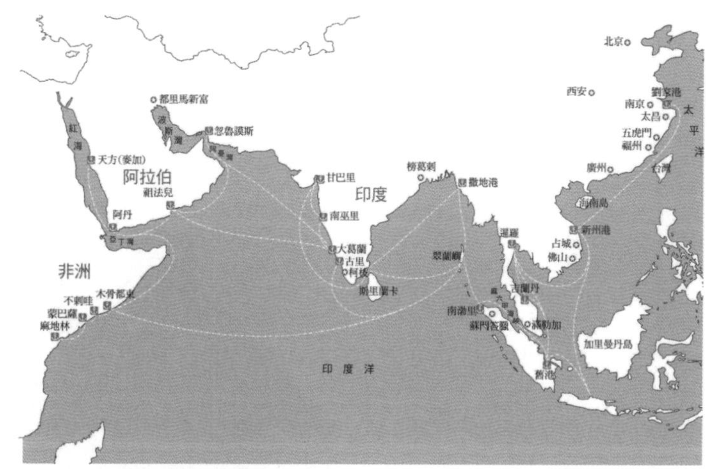

鄭和第三次下西洋航線圖

小常識：在英語中，「中國」與「瓷器」都叫「China」，開頭字母大寫，意指「中國(China)」；開頭字母小寫，意指「瓷器(china)」。

伍

馬戲團進京

鄭和回國的消息，傳遍南京城每個角落。

人群從城裡排到碼頭；徒步和騎馬的士兵們，不斷的來回巡邏。

大鬍子叔叔對南京城好像很熟悉，領著愛佳芬和謝平安在街道上東彎西拐，不時回頭交代：「別跟丟了。」

三人一路又推又擠，謝平安想起白天的鎮瀾宮廣場上，進香的人

潮就是這麼多。

人群擠出他一身的汗。

就在他的衣服將要溼透時，他們終於來到碼頭最前面。

眼前是一條大河，嘩啦嘩啦的河水流向遠方。

河邊插了好多旗子，強勁的風吹得旗子啪啦啪啦的響。

大鬍子叔叔說：「鄭和船隊就是從這裡起錨出航，先南下抵達泉州的港口，等待東北季風揚起就航向西洋。」他得意的笑了笑：「航程結束後也是回到這裡。」

「他們回來了。」一個站在城樓上的士兵指著遠處喊。

那句話像個聲音炸彈，瞬間爆炸，從士兵指的方向，向四方擴散。

剛剛開始，它很慢，只有幾十個人聽到；接著它的威力逐漸加大，

速度漸漸變快，從城牆傳到城門口，從城門口傳向城門外，最後匯集在碼頭邊，成了震撼人心的一句話：

「鄭和大人的船隊，回來了！」

「下西洋的艦隊回來了。」

愛佳芬站的位置，可以看到水天相接的盡頭。遠方，逆光的水面上出現一點影子，影子移動得很快，沒多久就變成一艘氣勢驚人的巨大帆船。帆船兩側，又出現兩排各式各樣的船隻，好像無數片雲朵，突然降落。

領航的巨船上，有好幾面大幅展開的風帆，船身畫滿圖畫。巨船的兩側各伸出一長排木槳，這些木槳划動得很整齊，船行速度才會這麼快。

隨著船離岸邊愈來愈近，巨船上有人開始打起旗號。一時之間，每一艘船上都有人揮動旗子。

「那就是寶船，鄭和大人搭的船。」大鬍子叔叔指著領隊的巨船說：「幾百艘船的行動，全靠寶船上的旗子指揮，到了晚上呀……」

「晚上怎樣？」愛佳芬問。

「晚上就用燈籠，數百盞燈籠一起舞動，像流星一樣壯觀！」

「吹牛！」愛佳芬故意氣他：「你又沒去，怎麼知道？」

「哼！我就是知道。」

不久之後，他們就聽到船錨拋入淺灘的「撲通」聲，與木板落到岸上的碰撞聲。

這些聲音此起彼落，活像一首輕快的進行曲。

船上陸續走下好多人，圍在碼頭上的人，自動讓出一條路。太陽落到西方，雖然逆著光，依稀可以看到他們的剪影。大鬍子叔叔指著最先下船的人，低聲的說：「鄭和大人！」

「鄭和？」愛佳芬用手遮著光，試圖看清楚眼前的人。

鄭和披著紅袍，戴著官帽，走在金色的陽光裡。他的嘴角透露著堅毅，眼神很銳利，整個人看起來精神奕奕，不像白臉太監一副陰陽怪氣的模樣。

「鄭大人！」許多圍觀的人喊著，鄭和聽了微微的揮手回應。

「可惜距離有點遠。」謝平安說。

「為什麼？」愛佳芬問。

「要是能請他簽個名，帶回家多風光呀。」他惋惜的說。

走在鄭和後面的是西洋來的使者。

這些使者，有膚色黑的、膚色白的、穿袍子的、披布的、留著大鬍子的、頭上纏頭巾的，簡直是個小型的聯合國！

使者後頭的動物也上岸了，大象優哉游哉的邁步，西洋虎在籠子裡虎視眈眈，孔雀開屏，猴子露出好奇的眼神。最後面還有一車車的香料，和燦爛奪目的寶石。

這真是一支奇異的隊伍。

「好像馬戲團要進京喔！」謝平安說：「這麼多不同國家的人，他們要怎麼溝通？」

愛佳芬想也不想就回答：「傻瓜，當然有翻譯人員嘛！」

突然，四周響起一陣歡呼聲。

「神獸麒麟！」

「太平盛世的兆頭呀！」

寶船背著陽光，謝平安和愛佳芬只看到一隻龐然大物從船上走下來。人們指著牠狂呼：「託媽祖娘娘的保佑，又有神獸下凡啦。」

那隻麒麟的身高至少也有兩層樓高，愛佳芬想不通的是，鄭和是怎麼把牠牽上船的？

她還在思考，四周的人已經「刷刷刷」的雙腳一彎，跪了下去。一時之間，從碼頭邊到城門口，人群全都跪下恭迎神獸。

「麒麟，麒麟。」人們嘴裡喊著。這麼激動的場面，連謝平安也不由自主的跟著喊：「麒麟，麒麟。」

就在他的膝蓋快要跪到地上時，愛佳芬突然扯著他的手說：「長頸鹿！」

「長頸鹿？」謝平安一愣。

他揉揉眼睛。

從逆光裡走出來，被幾個披著紅布的黑人護衛著的龐然大物，不是中國傳說中的麒麟。

牠是一隻不折不扣、如假包換的「長頸鹿」！

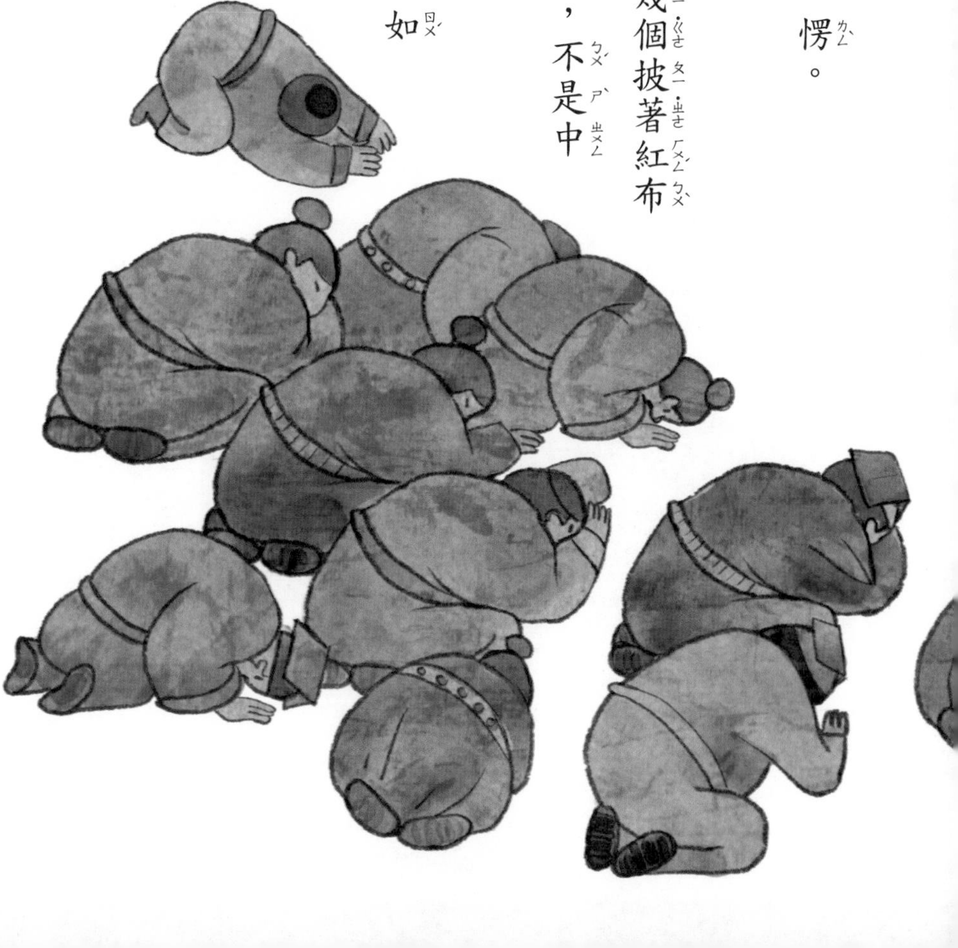

超時空便利貼

海上生活怎麼過？

鄭和船隊是十五世紀世界中規模最大、船隻最多、技術最先進的船隊。每次出海隨行者約有兩萬多人，這些人員組織嚴密，分工明確，可分成：

1 **決策人員**：包括正使、太監等官員，是艦隊的指揮官。

2 **外交貿易人員**：包括各種採買、翻譯等官員，負責外交禮儀及貿易活動。

3 **軍事護航人員**：包括都指揮、指揮等武官和士兵，以及各種技術人員，負責航行的安全及抵禦敵人和海盜的侵襲。

鄭和的船員眾多，各種宗教信仰的人都有，所以，船上也有佛教的僧人、道教的道士、回教的阿訇（音ㄚ ㄏㄨㄥ，意指有學問、有信仰、有本領、有道德、

馬來西亞麻六甲市三寶廟中的鄭和壁畫。鄭和下西洋時曾五次停留在麻六甲；當時麻六甲是滿勒加的國都，鄭和為滿勒加國的和平做出很大的貢獻。此三寶廟就是後人為緬懷鄭和所建。

有威儀之士）等，用來安撫船員的情緒，增加他們的信心。

船上生活枯燥又漫長，船員也有休閒娛樂活動，例如下棋、打馬吊（麻將的前身）、彈奏樂器、飲酒喝茶等。隨船也有醫護人員，照顧生病的人。伙食方面，以麵食和米飯為主；船上養雞、鵝、魚，是蛋白質的來源；還種植青菜、薑，和孵豆芽，並沿途靠港採買當地的水果和乾果，為船員補充維生素、礦物質。飲水除了要節約使用之外，還必須靠岸補充。

小常識：鄭和下西洋的動機，一般認為有下列三者：宣揚國威、尋找惠帝的下落、貿易做生意。

陸 東廠爪牙追來了

「那是長頸鹿，不是麒麟啦！」謝平安頻頻對身旁的人說。

但是，碼頭上的人卻都跪著。

只有愛佳芬和謝平安兩人愣愣的站著。

幸好，大多數的人只注視著「麒麟」；不幸的是，城門口的白臉太監卻發現了他們。

他指著謝平安，激動得又叫又跳，幾名東廠爪牙衝了過來。

謝平安想跑，腿卻嚇軟了。

愛佳芬推著他：「快走！」

這時，碼頭上的人全站起來，大家興奮的跟在麒麟後頭，人群暫時拉開東廠爪牙和他們的距離。

人們七嘴八舌的討論著：

「聽說先前榜葛剌國就曾進貢一隻麒麟！」

「皇上命宮廷畫師畫了麒麟圖，上面還抄錄翰林學士沈度作的『麒麟頌』呢！」

「麒麟下凡，國運昌隆！鄭和大人再次把麒麟帶回來，象徵大明朝的國勢，享譽海外呀！」

謝平安一直解釋：「那不是麒麟，是長頸鹿。」

不過，沒人注意他的話。

連愛佳芬都沒空理他。愛佳芬走在前面，拚命的推開蜂擁而來的人群。她幾乎可以感覺到東廠爪牙已經跟過來了。

「躲哪裡好呢？」她左看看、右看看：「寶船上的人都下來了，就躲那裡。」

她拉著謝平安躍上寶船。帆布在寶船上啪啦啪啦的響；高聳入雲的桅桿，至少要七、八個人才抱得起來。

從船頭望出去，南京城裡的廟宇和城樓隱約可見。一棟特別高的塔，在夕陽下閃閃發光。

「麒麟」已經進城了，不過，牠被人群層層包圍，愛佳芬和謝平安只能勉強看到牠從人群中露出的頭。

突然，人群中出現小小的騷動。

「是那些東廠爪牙。」謝平安嚇得往後退了幾步。白臉太監在這群帶刀的士兵後面指揮。

「怎麼辦，他們要衝上船了。」謝平安很緊張。

愛佳芬說：「這艘船這麼大，我們躲到甲板下面，他們一定找不到我們。」

愛佳芬和謝平安從一道寬大的樓梯往下走到船艙，船艙的第一層有許多房間。這麼多房間，士兵們應該找不到他們吧？可是愛佳芬不放心，她又拉著謝平安往下走一層。

這層船艙的空間特別大，幾乎是上一層的兩倍高；但是，這一層

有幾間獸欄，味道特別難聞。

愛佳芬捏著鼻子說：「他們在船上養豬嗎？」

謝平安看看四周：「這裡應該是大象和長頸鹿住的地方！」

愛佳芬點點頭表示贊同，的確只有動物才需要這麼大的屋子。

愛佳芬怕臭，她決定再到下一層看看。

第三層船艙沒有隔間，像個大型禮堂，左右兩邊各有一排長椅子，每一張長椅子靠牆的那一側，都有一扇方型窗戶；每扇窗上都有一根長長的木條，從窗外延伸至室內的長椅上方。

「這是船夫划槳的地方嘛。」

謝平安正想伸手去碰木槳，突然從寂靜的船艙上方，傳來一陣腳步聲。

「他們追來了。」謝平安緊張極了。

幸好船很大，聽起來，東廠爪牙還在逐層的搜索。

「別讓那兩個小鬼跑了。」白臉太監的聲音，從上一層船艙傳來。

突然聽到他的聲音，讓謝平安心跳

加速。

在這緊要關頭，愛佳芬的腦筋還是可以轉得飛快，她說：「船上一定有媽祖的神像，我們去找一找，只要找到平安符，我們就可以回家了。」

「可是，媽祖的神像，會放在哪兒呢？」她歪著頭想。

「在哪兒呢？」謝平安記得在哪兒看過，但是在哪兒呢？

啊，他想起來了，他們來時，在鎮瀾宮浮雕木船上見過，木船的最頂層，有一間媽祖神龕，那這艘船……

「神像一定是在船的最上方。」謝平安興奮的喊著，不過，他喊完才想起來，白臉太監正在上面的甲板上找他們呢！

來不及了。

上層的甲板傳來一陣凌亂的腳步聲，咚咚咚，聲勢驚人。

「快走，他們下來了。」危急中，愛佳芬發現船艙盡頭還有一道樓梯。

超時空便利貼

麒麟到中國

鄭和下西洋，與世界各國建立不少交情，各國國君紛紛獻上國內珍貴的藥物、農產品、珍禽異獸，讓中國人眼界大開。其中，麒麟到中國，更是一大盛事。

明成祖永樂十二年，鄭和船隊航向東非途中，榜葛剌國（今孟加拉）的使臣隨著太監侯顯的船來到中國，進貢一隻長頸鹿，這隻長頸鹿被當時隨行的中國官員翻譯為「麒麟」。麒麟是中國傳說中的瑞獸，據說只有在太平盛世才會出現；明成祖一見到「麒麟」，高興得命翰林學士沈度寫了一篇〈瑞應麒麟頌〉來慶賀，又命宮廷畫師畫下「麒麟」圖像，並將沈度的文章抄在圖上。

這張《明人畫麒麟沈度頌》現在被收藏在臺北故宮博物院。小朋友下回去參觀展覽時，別忘了去找找，你也有機會看到這隻神獸喔！

《明人畫麒麟沈度頌》。在明朝被視為神獸的麒麟，是神聖的吉祥物，還一度造成「麒麟外交」——各國相繼獻貢，藉此和中國朝廷建立友好關係。

過洋牽星的航海術

中國人很早就利用天文觀察來導航，白天時，他們觀察太陽的位置；晚上則找尋星星來判斷方位。

鄭和下西洋時，船隻航行幾千公里到達陌生的國度，這時就必須發展新的導航技術，才能降低風險。於是就產生了「過洋牽星」的航海術。

「過洋牽星」其實很像小學自然課用的星座盤；不同的是，明朝時的人，是利用牽星板來測量船隻的航向。

牽星板由十二塊尺寸由小漸大的正方形木板組成，有一條繩子穿過木板中心，用來測量星體距海平線的高度，透過星體的高度，就能判斷出船隻在海上的位置。

鄭和時代，常用的星座包括北斗星、織女星等，你找得到嗎？

小常識：現代的飛機、輪船，靠的是衛星定位系統，更方便，也更安全。

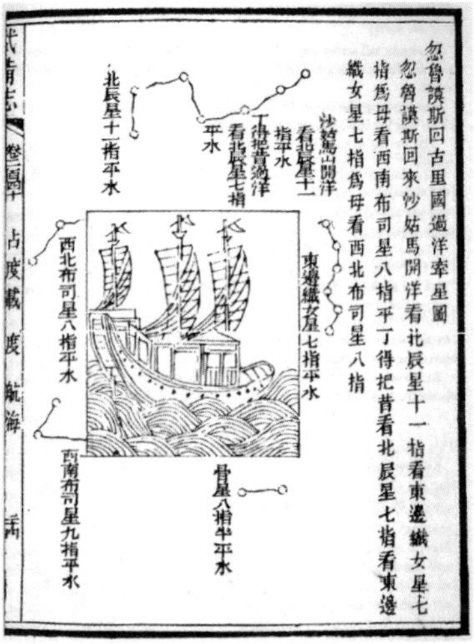

《過洋牽星圖》。明代茅元儀的《武備志》中，載有「鄭和航海圖」，並附有四幅「過洋牽星圖」，這是其中一幅《忽魯謨斯回古里國過洋牽星圖》，是鄭和船隊由忽魯謨斯回古里國的航線圖。

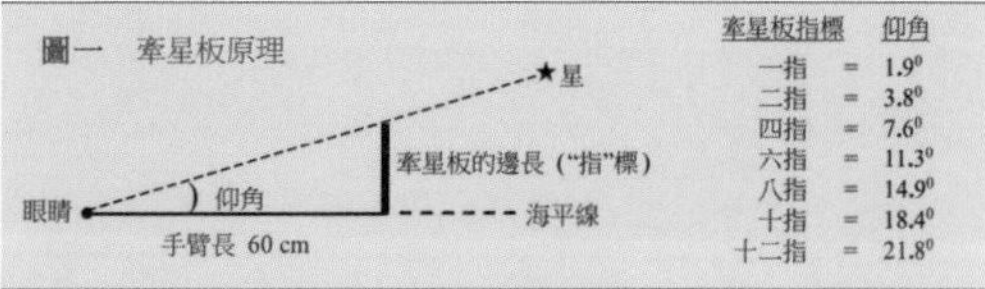

過洋牽星術就是利用牽星板來觀測方位星的出地高度。

柒 牽星過海

愛佳芬和謝平安跑到船艙的盡頭，順著樓梯往上跑。

他們跑回第一層甲板。

甲板上還有樓房，雕梁畫棟，金碧輝煌。

他們從甲板繼續往上爬，至少爬了七、八層樓高，才來到最頂層。

可惜，頂層並沒有媽祖的神像。

這裡四面都開著窗，窗外一排紅色燈籠在風中搖曳。天花板上畫了好多的黑點，每個黑點旁都寫著字：瑤光、玉柱、玄機、衡光……

「這是做什麼用的呀？」謝平安問。

「牽星過洋——鄭和航海就靠這些星星指引方向。」突然，有人在他們身後說話，嚇得謝平安大叫。

「誰？」他驚恐的回頭，以為會見到白臉太監。

沒想到，一個熟悉的笑臉出現在他們眼前。

「大鬍子叔叔，又是你。差點被你嚇死了。」愛佳芬拍了拍胸口，「你又在吹牛了！」

「吹牛？我告訴你們，宋朝時，中國人航海就已經用到指南針

了。『牽星過洋』中的『牽星』就是鄭和大人使用的方法。他們下西洋時用牽星板、航海圖、羅盤，就不怕在海上迷失方向。」

愛佳芬見他說得頭頭是道，想反駁又怕被他笑無知，只好「哼」了一聲：「你又知道了，難道你也陪鄭和下過西洋了嗎？」

大鬍子叔叔正要回答，下方甲板突然傳來凌亂的腳步聲。白臉太監又追來了。

「別吵了，我們快去找媽祖，好不好？」謝平安說。

「媽祖？你們是說天妃娘娘嗎？」

「對呀，這艘寶船上有嗎？」愛佳芬很著急。

「當然有，」大鬍子叔叔一開口就沒完沒了，「船在海上航行，當然要靠媽祖的保佑……」

「大鬍子叔叔！」愛佳芬打斷他，「媽祖到底在哪裡嘛？」

「想求媽祖保佑，也不必這麼急啊！」

大鬍子叔叔嘴巴說著，人已經開始帶路。看得出來他對寶船很熟悉，領著他們立刻往樓下走，一點也不遲疑。

沒想到，冤家路窄，他們下樓時，白臉太監正要上樓。

「在這裡！」白臉太監大叫。

後頭響起可怕的腳步聲，是那群東廠爪牙。

愛佳芬、謝平安和大鬍子叔叔嚇得大叫，回頭就跑。本來在前面帶路的大鬍子叔叔，現在跑在最後，白臉太監伸手抓住他的腳：「我抓到一個了，快來人呀。」

大鬍子叔叔掙脫不開，只好用力踹，那一腳竟然命中白臉太監的

鼻子。白臉太監被踢得往樓下滾，大鬍子叔叔的腳被他一拉，也跟著跌下樓。

愛佳芬和謝平安見狀衝過去幫忙，這下成了四人大混戰。他們翻翻滾滾，結果全跌進一扇敞開的門。

好不容易，愛佳芬和謝平安終於拉開白臉太監，門外卻闖進幾個東廠爪牙。

白臉太監下令：「把他們全殺了。」

「啊——」愛佳芬和謝平安嚇得直往後退。

大鬍子叔叔擋在兩人的前面：「管事太監，你要殺就殺我，不用找小孩子的麻煩。」

白臉太監瞪著他說：「哼，想要我一刀殺了你，沒那麼痛快……」

慌亂中，愛佳芬在地上亂摸，摸到一個圓筒狀的東西，她正想丟過去打白臉太監時，謝平安卻不斷扯著她的衣服說：「你看，你看。」

「不要吵！」愛佳芬回頭大吼，突然，順著謝平安的手指，她看到了……

「媽祖神像。」愛佳芬大叫。

原來這裡就是船上供奉媽祖的地方。

神像桌上還有一個平安符，謝平安歡呼著把它拿起來。

「死到臨頭，還笑得出來？」白臉太監一臉陰沉的說：「把他們全殺了。」

東廠爪牙全撲了上來。

那一瞬間，愛佳芬丟出手裡的圓筒——那是一個籤筒。

籤筒狠狠的打在白臉太監的臉上，他發出一聲慘叫。

謝平安趁亂趕快把平安符靠到媽祖神像上。

一旁的大鬍子叔叔踢了離他最近的東廠爪牙一腳，其他的東廠爪牙把刀高高舉起，就要劈下——

忽然風聲大作，房間的牆上迸裂射出白光，船開始上下左右的搖晃，所有的景物開始產生極大的扭曲。

愛佳芬看到的最後一個畫面是：東廠爪牙的刀子，像一道閃電似的劈下來。

她張開喉嚨大叫。

捌 平安符失靈了嗎？

刀子如果劃過身體，一定很疼吧？

愛佳芬以為自己死定了，謝平安也是。

但是，刀子呢？

東廠爪牙的刀子遲遲沒有劈下來。

排山倒海的聲音，這會兒全都蜂擁而來。

愛佳芬的尖叫，謝平安的狂吼，劈里啪啦的鞭炮聲，全都回來了。

愛佳芬先冷靜下來，接著好不容易才堵住謝平安的嘴巴。

「啊——啊——啊——」

但是，可怕的尖叫仍在持續著。

「是誰？」愛佳芬回頭，竟然看見大鬍子叔叔，不，是玄章老師在叫，叫得像個小孩似的。

「老師，你……你是大鬍子叔叔？」

玄章老師睜開眼睛，胸口激烈的起伏著。

「我……」他看了看四周，故作鎮定的說：「什麼大鬍子叔叔？」

愛佳芬激動的說：「剛才我們回到明朝，有個大鬍子叔叔陪著我們，後來有個太監要追殺我們，我們都以為自己死定了。老師，你就

是大鬍子叔叔對不對？不要再裝了……」

「裝？」玄章老師勉強擠出一絲笑容，而且是十分難看的那種。

「明朝？現在距離明朝鄭和下西洋起碼六百多年，人怎麼可能回到過去啊？」

「真的啦，老師，我們回到明朝，看到鄭和的寶船，還看到明朝的麒麟進城呢！」謝平安說。

「麒麟進城？」玄章老師問：「你們在寫科幻小說嗎？前一陣子說去了秦朝、唐朝，會不會下次又說你們看到恐龍？」

愛佳芬看看手上的平安符，是媽媽今天早上給她的。她說：「我們真的看到了，而且我們回到過去的方式都很奇怪，像這一次，我只是用平安符碰到柱子上的浮雕，結果……」

玄章老師把愛佳芬的平安符拿過去，在浮雕上碰了碰，什麼事也沒發生。

「好了，孩子們，還有什麼事嗎？」

「不，我們說的是真的。」謝平安說完，指著浮雕上的小船，「我們從一艘停在河邊的船下來，一路跑進南京城。」

「對呀，老師，如果你不是大鬍子叔叔，你怎麼會在這裡？」

「我……」玄章老師看看廟外，「大甲媽祖都快走過水美橋了，我發現你們兩個脫隊了，才回來找。」

「那，你為什麼要大叫？」愛佳芬追問。

「我是在叫，不過，我叫的是『你們兩個還不快點呀！』」

「這……」愛佳芬和謝平安還有很多話想問。

玄章老師帶頭往外走，催促他們：「快跟上隊伍吧，大甲媽祖走遠嘍！」

「那……為什麼每回我們都是在社會課……」愛佳芬追上去。

「對呀，為什麼總是我和愛佳芬……」謝平安也跟著追上去。

他們帶著滿腹的疑問追上大家，加入繞境的隊伍。

「回到學校，我一定要向玄章老師問清楚。」愛佳芬心想。

鑼鼓咚咚咚咚，鞭炮劈里啪啦，煙火五顏六色，虔誠的信徒默默追隨媽祖的神情，千百年來都沒有改變呢！

絕對可能會客室

小朋友，想知道鄭和為什麼要七下西洋嗎？鄭和帶回國的麒麟最後流落何方？還有，媽祖娘娘在全球有兩億個信徒，她是怎麼做到的呢？

不清楚？不明白？別擔心，讓我們用掌聲歡迎最懂「明」間疾苦的明朝精靈——小媽祖阿媚出場，請她為大家說清楚、講明白。

：歡迎阿媚上場！

：阿媚，我們也要向您跪拜嗎？

：不用啦！你只要把我上節目的車馬費投到鎮瀾宮當香油錢，就可以了啦。

：不好意思，我們節目的經費有限，沒有車馬費；不過我會把我今天的零用錢捐出去。

鄭和真的是太監嗎？

：阿媚，鄭和真的是太監嗎？

：神不能說謊，沒錯！朱元璋建立明朝時，經歷過一段兵荒馬亂的歲月。戰爭結束後，明軍經過雲南，把鄭和和他的夥伴抓進皇宮，給朱元璋的兒子朱棣當僕人。當時男生要進皇宮前，要先「去勢」，割除生殖器官，也就是我們說的「閹刑」；鄭和成為太監的時候，才十二歲。

：好可憐喔！

：去勢很殘忍，一個男人受了這種刑罰，簡直生不如死。不過，漢朝的司馬遷也是因罪被去勢，可是他不向命運低頭，用十幾年的時間，寫出一本名震千古的《史記》。直到現代，我們都還誇他的文筆很好呢。

：那鄭和呢？

：鄭和深受明成祖的信賴，親自帶領船隊七下西洋，航行幾萬里，走遍幾十個國家，還被封為「三寶太監」——你說，他偉不偉大？

明朝的太監都很壞？

：唉呀，好可惜喔！

：你是說鄭和好可惜？

：不是，我是說你好可惜喔！如果你留在明朝，讓白臉太監抓進內宮——嘿嘿嘿，你當太監，一定也能有一番作為。

：你別鬧了，我當太監，第一件事就是抓你到皇宮當丫鬟！

：阿媚，明朝的太監都像白臉太監那麼壞嗎？

：壞呀？那倒不至於。其實明朝對太監的文化水平是有要求的，甚至還請老師進宮培訓太監，這使得明朝太監的知識水準在中國太監史上算滿高的，他們也為國家做了很多事。

：太監們做了哪些事？

：除了鄭和下西洋，還有為國平亂的、為皇帝保全皇子的、為朝廷除掉大害蟲的……。他們不光是皇帝的僕人，很多太監也像官員一樣，為國家做事。我們現在會說明朝太監很壞，其實很大的原因是受了清朝史官的誤導影響。明朝最壞的太監就是劉瑾和魏忠賢，他們沒有實權，頂多就是狐假虎威罷了。如果皇帝要把他們的權力收回來，其實還是可以。

鄭和的船上宗教平等？

：對了，阿媚，鄭和不是回教徒嗎？他為什麼還在船上拜媽祖？

：這件事問我就對了。鄭和是回教徒沒錯，可是船上大多數的船員都不是。這些船員上了船，遇到大風大浪，當然要向自

己最信任的神祈禱。例如我是海神，很多人就會求我保佑他們平安。

：船上有沒有佛教徒？

：也有呀。鄭和的船隊有兩萬多人，鄭和幾乎是帶著一座城市的人口在海上走，加上去的國家又多，每個國家信仰的宗教也都不同。鄭和他們很早就懂得「宗教信仰平等」的道理了。

：船上有釋迦牟尼佛、天上聖母和阿拉真神，難怪鄭和能一帆風順，七下西洋都成功！

麒麟最後到哪裡去了？

：阿媚，南京的「麒麟」後來怎麼了？

：你說長頸鹿嗎？

：對呀，明朝的人都以為牠是神獸下凡，還跪拜牠，真有趣。

：這是因為當時的人沒見過長頸鹿嘛。其實要載一隻長頸鹿到中國，是很不簡單的事；船員們得在寶船上蓋木屋讓長頸鹿居住，長頸鹿也要忍受幾個月的海上顛簸才能到中國，到了中國當然會被好好照顧。

：後來呢？

：後來，永樂皇帝把首都從南京遷到北京；首都落成是很大的盛典，鄭和帶回來的長頸鹿就跟著去北京城遊城，讓大家觀賞，最後才被送到皇帝的御花園供養。

：哇！那御花園不就像現在的動物園？

：沒錯，要養那麼大的動物，也只有皇帝才養得起。

鄭和找到龍涎香？

：鄭和下西洋，除了麒麟、黑胡椒，還有帶什麼東西回來嗎？

：那可多了。鄭和去一次西洋要花很多錢，動用很多人力；回國的時候，每一艘船都裝滿了非洲的動物、南洋的珠寶、香料、藥材。他們還在阿拉伯海附近，帶回號稱有起死回生之效的「龍涎香」呢。

：龍涎香？那是什麼呀？

：中國人都說龍涎香是龍的口水，只要吃上一點，什麼病都能治好。

：這麼神奇的東西，現在還有嗎？

：當然有啦。他們後來發現，龍涎香其實是雄性抹香鯨腸道的分泌物，聽說魚腥味很重——你要不要吃一點？

：鯨魚腸道的分泌物？喔！天哪！我不要。

：就算你想要，現在也很難找到了，抹香鯨被人類大量捕殺，已經快要滅絕了。

外國國王來中國？

：鄭和帶回來的東西，有什麼用途？

：用途可大了，有的可以送皇帝皇后、送大官或是送大官的老婆，送不完的就拿去賣；有些外國的商人也會跟著他們回中

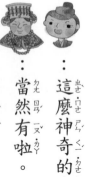

國，順便把中國的東西帶回南洋。

：外國商人也跟來了？

：不只呢，鄭和下西洋，至少有四個國家、十一個國王曾被他邀到中國作客。這些國王攜家帶眷到中國，一住就是好幾年，還有三個國王在中國去世，死後還葬在中國呢。

：為什麼？

：中國是當時世界上最強盛的國家，那些來訪的國王，雖然頂著國王的名號，說穿了只不過是個小島上的酋長，或是一個小城的城主罷了。他們到中國作客，享受和皇帝一樣的待遇，你說，他們還會想回自己的國家嗎？

媽祖廟，真的有蓋到南洋嗎？

：談完鄭和，該談談你了。阿媚，你的廟現在蓋到哪兒了呀？

：人家說「海水到處有華人，華人到處有媽祖。」現在很多地方都有媽祖廟了。臺灣和大陸就不用說了；鄭和下西洋之後，東南亞的印尼、馬來西亞、新加坡、菲律賓、泰國、柬埔寨和越南都有媽祖信仰，華人在哪裡，哪裡就是我的服務範圍。

：哇！你真是法力無邊呀！

：你們想想看，華僑離鄉背井，到了異國遇到不順利的事，總會想要找個人傾訴；這時，我的分廟就能發揮效用，提供心靈治療。現在連美國、日本也都有媽祖廟了呢。算一算，全世界大概有兩億個媽祖信徒、五千多座媽祖廟。

：簡直比便利商店還多！

：嘻嘻，所以說，媽祖廟是大家的好鄰居嘛。

：今天很謝謝阿媚到絕對可能會客室。

：希望下回有機會再邀請你來會客室，讓大家了解更多明朝的故事喔！

絕對可能任務

第1題　鄭和的寶船要出海了，時間緊湊，然而，大家忙中出錯，帶了八種不應該出現的東西，你能找出來嗎？

解答：番茄、玉米、汽油桶、腳踏車、耳機、相機、《紅樓夢》、氣球

第2題

古代的神獸不會憑空出現，故事裡的麒麟其實是長頸鹿，而《封神榜》裡，姜子牙的坐騎是四不像，聽說它的頭臉像馬、角像鹿、脖子像駱駝、尾像驢，請根據這四種動物，畫出你的神獸四不像吧。

第3題

寶船要下南洋了，這裡有張海報要聘請水手，不過，海報上有些地方寫錯了，你能找出來嗎？

熱血男兒，志在四方，快加入寶船船隊，享受海上乘風破浪的樂趣，感受傳遞和平的光榮使命。

職稱	資格	待遇
船長	具船長資格十年以上，曾指揮過潛水艇等船艦。	面談
船副	能看懂羅盤與衛星定位等技術，需現場測試。	年薪一百二十兩
水手長	具大明朝一等訓練證書。	年薪八十兩
廚工	曾服務過上千人的船隊，需擅長烹煮番茄炒蛋與馬鈴薯泥等菜色。	年薪四十兩
應徵資料	中英文履歷（附照片）、學經歷證明，及以前服務過的船長介紹信。	
應徵方式	至劉家港網站登錄資料，或以飛鴿快遞到泉州港一一一號信箱。	

解答：那時還沒有潛水艇、衛星定位、照片及網站；番茄、馬鈴薯與玉米都在明萬曆年間才傳至中國，鄭和時期尚無。

作者的話

有這麼一種課程

那時，我還是小孩子。坐在教室，聽著社會課老師上課。

社會不像國語，國語課能玩成語接龍，寫寫童話。

社會不比自然，自然課常到校園抓青蛙，看小花。

社會也不比美術課，美術課可以捏泥巴，發揮想像力，在紙上塗塗畫畫。

我暗暗發誓，有朝一日當老師，絕對要把社會課教得生動又有趣，讓小朋友都愛上它。

時間飛逝，歲月如梭，眨眼間，我已經長大，真的變成老師，也教起社會。

社會領域很寬廣，它包含歷史、地理和公民。

歷史在遙遠的時間那頭；地理在寬闊的空間那邊；公民教的某些東西，鄉下沒有。

有的課，我可以放錄影帶；有的課，我可以拿掛圖；有的課，我們可以玩角色扮演。但是更多的課，我還是一樣要比手劃腳、口沫橫飛。

雖然我極力想改變，但是，一切好像都很難轉變。

這讓我想到，如果能把知識變成生活，小朋友親身經歷一遍，根本不必我來講，小朋友一定能記得牢，對不對？

這又讓我想到，為什麼不辦一所這樣的學校？

「可能小學」，它立刻在我腦裡閃呀閃呀，金碧輝煌的朝我招手。

在可能小學裡，什麼事都是有可能的。

「歷史」是我最先想到，現實無法重演的課。

像是秦朝，兵強馬盛但是律法嚴苛。犯人抓太多，抄寫名錄的隸官將文字偷減筆畫，簡化後的字，不管是隸書、楷書、行書，都是從那時之後才大勢底定，源遠流長直到千年後。

所以，你想不想到秦朝去看看，感受一下秦代的氣氛，體會一下古人的生活？絕對比坐在課堂裡還要精采一百倍。

唐朝是中國古代盛世，但是，到底有多興盛呢？

單單以長安城來說，就住了上百萬的人口。這上百萬人要喝水，得有多大的水庫呀？要吃飯，得運來多少的稻米呀？

連大便坑都得準備幾十萬個，夠偉大了吧！

那時，世界上有很多人都想到中國，中國的留學生玄奘卻反其道而行，經過陸上的絲路，千里迢迢去印度取經，從此，梵音繚繞，直到今天。

到唐朝享受那種國際化的感覺吧！

明朝的鄭和下西洋，比哥倫布早了幾百年。哥倫布發現新大陸，歐洲人從此在美洲大陸占地為王，滅了印加文明；鄭和航行到非洲，帶著媽祖與各國建立友好關係，幾個國王甚至隨他回南京，願意葬在中國，這又是怎麼回事？

海上的絲路，陸上的絲路，交相輝映，那是我們不可不知的歷史。

還有一條運河，也很精采。大家一定聽過楊貴妃吃荔枝，必須用快馬傳送，才能在賞鮮期限前送到長安城。

可是古代的稻米如果要這麼送來轉去，絕對會累死幾萬頭可憐的馬匹、牛隻。養馬很貴，牛車很慢，古人動腦想到運河，經過上千年的挖掘，終於挖成一條全世界最長的京杭大運河。

有了這條河，南方、北方暢行無阻；有了這條運河，康熙、乾隆皇帝才能常到江南去品美食，賞美景。

到清朝搭船遊一段運河吧！感受江南的風光，看看乾隆皇帝為什麼亂蓋印章，哈，絕對有趣！

這是沒有教室的課程，這是感受真實生活的課程，推薦給你，希望你能學習愉快，收穫豐足。

還等什麼呢？把書打開，跟著謝平安、愛佳芬回到古國去吧！

推薦文一

從歷史學習智慧

◎中央大學認知神經科學研究所創所所長　洪蘭

歷史是每一個民族的根本，它是一個歷程，記錄這個民族從甲到乙時間和空間上所發生的事。每一個民族都很注重它的歷史，如果沒有史，編也得編一個出來，以向後人交代祖先是怎麼來的。像臺灣這樣不注重史，還要去之而後快，真是千古少有。沒有根的樹是活不長的，看到現在政府用公權力大力的讓子民遺忘祖先的故事，真是深以為憂。

俗語說「兒不嫌娘醜」，不管過去的歷史是如何不堪，都應

該珍惜它；它是「己身所從出」，是祖先走過的痕跡，飲水要思源，不可忘本。孔子說：「見賢思齊，見不賢而內自省。」歷史不可隱藏也不可抹煞。「在晉董狐筆」就是史官最好的典範，更何況我們有著全世界獨一無二的輝煌燦爛歷史，我們怎麼可能不叫孩子去讀自己的歷史，不讓他知道自己的祖先曾經創造出連現代高科技都做不出來、像馬王堆出土的蠶薄紗的文明？

不讀史，無以言

孩子的成長過程需要一個榜樣，好讓他立志效法，「養天地正氣，法古今完人」曾是我們教育孩子的準則。歷史上有這麼多可歌可泣的榜樣，我們希望孩子長大成為正直有志節的人，現在卻為了意識型態，畫地為限，在渡黑水溝以前的歷史，統統不教了，把祖先留給我們最珍貴的文化遺產，一盆水全潑了出去，我深覺可惜。

很多人覺得現在的年輕人膚淺，一問三不知，只會追星、穿名牌。細想起來，這是我們的錯，怎能怪他們？孔子說：「不讀詩，無以言。」我更認為「不讀史，無以言」，是我們沒有好好教育他們，沒有給他們深度。所以現在看到也有人感覺到孩子不讀史的危險，願意寫歷史，出版歷史給孩子看，做為一個知識分子，我怎能袖手旁觀，不盡一份棉薄之力呢？

唐太宗曾說：「以銅為鏡，可以正衣冠；以古為鏡，可以知興替；以人為鏡，可以明得失。」千百年來，物換星移，滄海桑田，只有人性未變，讀史正是可以知興替，可以使自己不重蹈前人的覆轍。歷史教我們的其實就是智慧。我常覺得一個學校中，最重要的是歷史老師，一個會說故事的歷史老師可以兼教公民課程，他可以用說故事的方式將倫理、道德、價值觀帶給學生。只要把學生讀史的興趣帶起來，讓孩子自己去讀史，讀多了，國文程度會好，因為了解典故就會用成語和比喻，就可以增加文章的文采；語文能力好了，學別的科目也容易了。這套書用孩子最感興趣的時光機器把孩子帶回古代，讓他們身歷其境去體驗古人

當時的生活。例如在秦朝只有犯人才會剃頭、剃鬍，難怪我們看到的兵馬俑都是留著大鬍子。

因了解而得到的知識是長久的，但願孩子們都能從歷史中去認同我們的祖先，了解他們一代一代的哲學思維與藝文創意，以他們所成就的人類文明為榮。

推薦文二

一趟文化之旅

◎前臺東大學兒童文學研究所所長　張子樟

王文華這四本【可能小學的歷史任務Ｉ】系列（《秦朝有個歪鼻子將軍》、《騎著駱駝逛大唐》、《跟著媽祖遊明朝》和《搖啊搖，搖到清朝橋》）是所謂的「歷史故事」的一種：藉虛構的男女主角回到從前的某個時空，此時空的人物確實存在於歷史記載中，當時的人事物的敘述必須精確，出現的確實是存在的昔日人物，但只是配角，文物的描繪也必須恰如其分，不可任意杜撰。可以虛構的部分只有情節，例如今人與古人在過去時空中巧遇，形成另一套故事。

作者選取了中國歷史上的四個重要朝代：秦、唐、明、清。這四個朝代武

功鼎盛、與外族接觸也相當頻繁，因此文化交流不斷，催生新的文化。當然，與外族接觸不見得完全是主動，有時是大環境所逼，不得不去面對，尤其在每個盛世步向衰微之時，這點清末時期最為明顯。幸好作者選取的是清初國力強盛的乾隆年代，這種顧慮也就自動消除了。

閱讀的三個基本功能

專家學者認為給兒童閱讀的書籍有三個基本功能：提供樂趣、增進了解，與獲得資訊。他們強調，童書的書寫內容必須以樂趣為主，先吸引孩子主動打開書本，然後再從樂趣的描述中帶入「了解」與「資訊」的相關訊息。

細讀這套書，我發覺這三種功能可以並列，沒有先後之分，可以同時達成。四本書的趣味性都很高，但在閱讀當中，作者隨時加入類似「視窗」的「超時空便利貼」（好炫的名字！），增加讀者對故事背景安排的了解，當然同時也提供了不少相關資訊。最後透過「絕對可能會客室」的問題與討論，試圖澄清、說明或解釋該朝歷史最容易被現代人誤會或誤傳的部分，使小讀者看完故事後，同時達成閱讀的三個重大功能。作者用心良苦，值得稱讚。這些隨時補充的有趣歷史小知識，能讓孩子充分理解透過「看故事」而「學歷史」的過程與意涵。

老少三主角

這套書的重要角色有三：謝平安、愛佳芬與玄章老師。謝平安與愛佳芬就像一般的小四男女生一樣：求知欲強，對周遭的一切變動的或不變動的人事物都十分好奇，愛現以力求表現，喜歡動手動腳，觸碰「不應該」觸碰的東西，例如竹尺、象鈴、平安符、茶匙這些連接現在與過去之間的「鑰匙」，然後到相關的朝代冒險走一趟。雖然險象環生，但絕對不致於險遭不測，不然的話，謝平安、愛佳芬哪有機會繼續闖蕩中土、穿梭各個朝代？王文華老師的故事也就沒辦法再說下去了。

或許有人會問：故事中竹尺、象鈴、平安符、茶匙這些所謂的「鑰匙」，與西方奇幻故事中的「過門」（threshold）是否一樣？依據學者的說法，「過門」是介於「第一世界」與「第二世界」之間的一道關卡或通道。「第一世界」指上帝創造的我們生活的現實世界，而「第二世界」則是作家虛擬的空間，所以我們翻開《魔戒》或《龍騎士》時，會發現一張作者繪製的地圖、一個我們現存世界找不到的地方。如果故事熔現實與奇幻於一爐時，「過門」就得出現了，例如衣櫥（《納尼亞傳奇》）、月臺（《哈利波特》）、書（《說不完的故事》）等。然而「可能小學」這套書的「鑰匙」雖有「過門」功能，但謝平安、愛佳芬闖入的空間確實存在過，他們是藉這些「鑰匙」回到過去，與古時名人過了一段有趣冒險的生活，「鑰匙」的功能比較接近《湯姆的午夜花園》中，那道湯姆在午夜鐘敲十三響時推開通往花園的門。

看完了上面這段「超時空便利貼」後，我們不能忘了書中另一個關鍵人物——玄章老師。表面上，他是一位上起課來可以讓學生昏昏欲睡的古板老師，可是他一帶動

「戶外教學」時，精神就來了，有若另一個老師。謝平安和愛佳芬常在另一時空裡找到這位老師的「影武者」（如秦朝的秦墨、明朝的大鬍子叔叔等）。讀者思考一番後，不難發現他似乎扮演了「智慧老人」的角色。當然，如果認定玄章老師是作者的化身，也未嘗沒道理。

文化之旅的滋味

就字數而言，這套書的層級比一般橋梁書稍高，但內容適合國小中、高年級與國中一、二年級閱讀。這套幽默、有趣的好書，讓我們隨著謝平安和愛佳芬到中國四大朝代盛世遊歷一番，見識固有文化高貴優雅的一面。

我們徜徉於兵馬俑、唐詩、佛經、對聯、船隊這些文化積澱的同時，也領略到作者非凡的改寫能力（如《西遊記》的互文奇思）。我們一邊快樂閱讀、一

邊用力思索，腦海中不時浮現一幅幅由文字轉化而成的動畫：沙漠上的駱駝鈴聲、繁華京城的鼎沸人聲、運河上行駛的船隻、大海上揚威異域的船隊……似乎在我們眼前一一閃過。藉由書中的竹尺、象鈴、平安符、茶匙，我們隨著兩位可愛頑皮的小四生，分享了他們驚險有趣的旅程，滿載而歸。原來，文字推介的文化之旅是如此令人興奮難忘！

可能小學的歷史任務 I：

跟著媽祖遊明朝

作　　者｜王文華
繪　　者｜林廉恩

責任編輯｜李幼婷、楊琇珊
特約編輯｜許嘉諾
美術設計｜也是文創有限公司
行銷企劃｜陳詩茵

發行人｜殷允芃
創辦人兼執行長｜何琦瑜
副總經理｜林彥傑
總監｜林欣靜
版權專員｜何晨瑋、黃微真

出版者｜親子天下股份有限公司
地址｜台北市 104 建國北路一段 96 號 4 樓
電話｜（02）2509-2800　傳真｜（02）2509-2462
網址｜ www.parenting.com.tw
讀者服務專線｜（02）2662-0332　週一～週五：09:00~17:30
讀者服務傳真｜（02）2662-6048
客服信箱｜ bill@cw.com.tw
法律顧問｜台英國際商務法律事務所・羅明通律師
製版印刷｜中原造像股份有限公司
總經銷｜大和圖書有限公司　電話：（02）8990-2588

出版日期｜ 2008 年 1 月第一版第一次印行
｜ 2021 年 4 月第二版第八次印行
定　　價｜ 280 元
書　　號｜ BKKCE023P
ISBN ｜ 978-957-9095-32-7 (平裝)

國家圖書館出版品預行編目資料

跟著媽祖遊明朝 / 王文華文；林廉恩圖 . -- 第二版 . --
臺北市：親子天下 , 2018.02
136 面；17 X 22 公分 . -- (可能小學的歷史任務 . I；3)
ISBN 978-957-9095-32-7(平裝)

859.6　　106025547

圖片出處：
p. 29, 31, 53, 78 By Shutterstock.com
p. 43（上圖） By Mike Peel (www.mikepeel.net). [CC BY-SA 4.0], via Wikimedia Commons
p. 43（下圖） By User:Vmenkov. [CC BY-SA 4.0], via Wikimedia Commons
p. 52, 66, 88 國立故宮博物院
p. 67 繪圖 / 蔣青滿
p. 89 By Unknown [Public domain], via Wikimedia Commons